LETTRE
CRITIQUE

SUR

LA NOUVELLE COMEDIE

DU PHILOSOPHE

MARIE',

OU

DU MARI

HONTEUX DE L'ÊTRE.

A Monsieur MAILLARD, *Ancien*
Avocat au Parlement.

A PARIS,

En la Boutique de la V. de NICOLAS OUDOT,
Libraire, ruë de la Harpe, au coin de la ruë des
deux Portes, à l'Image Nôtre-Dame.

M. DCC. XXVII.

AVEC APPROBATION ET PERMISSION.

LETTRE
CRITIQUE
SUR LA NOUVELLE COMEDIE
DU PHILOSOPHE MARIE'
O U
DU MARI HONTEUX
DE L'ÊTRE.

A Monsieur MAILLARD, *Ancien
Avocat au Parlement.*

M ONSIEUR,

V o u s êtes curieux de tous les
Ouvrages d'esprit qui paroiſſent, &
les differens caracteres de beauté qu'on
y peut remarquer eurent toûjours de

A ij

quoi vous plaire. Il semble même que cette profession grave , où vous vous êtes acquis un rang si distingué par vôtre érudition profonde, se dépouille pour vous seul de ses difficultés, afin de donner quelquefois aux Muses l'heureux moment de vous entretenir. C'est-là que cessant d'être homme entierement dévoüé au public, vous le devenez aux instantes prieres de vos Amis : C'est-là que la République des Lettres déploye tout ce qu'elle a de richesses cachées à nos yeux : C'est-là que dans des conversations aisées , mais pleines de fruit, la vive Eloquence , & l'harmonieuse Poësie même n'ont point de secrets qui vous soient inconnus ; & l'exactitude de vos décisions sur cès deux genres d'écrire, ne laisse aucun doute sur la facilité que vous avez d'en juger.

Peu maître d'un temps que le public vous laisse à peine , parce que les momens lui en font prétieux , il vous est impossible, je le sçai, d'en consacrer aucun au doux amufement des Spectacles, mais je n'ignore pas auffi qu'un Ouvrage autant applaudi, que celui qui vient de paroître fur le Théatre François, ne merite l'honneur de quelques-unes de vos attentions. Permettez-moi de vous faire part de mes idées fur cette Piece nouvelle.

Vous connoiffez le goût du fiécle: tout ce qui eft nouveau lui plaît. Mais deux caufes encore plus particulieres ont entraîné tout Paris aux fréquentes repréfentations de la Comedie *du Philofophe marié* : la qualité de l'Autheur, & le Titre de la Piece.

La qualité de l'Autheur eft d'être *Académicien*, & l'un des quarante qui compofent ce Tribunal établi pour décider fouverainement & de l'Eloquence & de la Poëfie. Ceux qui font admis à ce nombre en retirent un avantage confiderable ; leurs productions portent prefque toûjours avec elles un paffeport affuré qui les fait recevoir avec admiration.

Le Titre de la Piece n'avoit pas moins frappé l'esprit du Public. L'on s'étonnoit de voir un Philosophe marié, chose étrange ! Et ce qui causoit le plus de surprise, étoit de sçavoir par quel art nouveau l'on avoit pû associer les chaînes du mariage avec l'indépendance qu'on attribuë à la Philosophie, comme si c'étoient en effet deux veritables contrastes. Ce qui déterminoit encore plus à le croire, c'étoit qu'il paroissoit que l'Autheur même étoit tombé dans cette erreur, en intitulant sa Comedie *le Philosophe marié*, ou *le Mari honteux de l'être* ; mais de quelque côté que l'on considere la chose, je suis persuadé que le mariage n'est point incompatible avec la Philosophie, & par consequent que l'Autheur n'a mis au jour rien moins qu'un objet qui meritât la surprise du Spectateur.

En effet des deux parties du Titre, ou de l'Intitulé de la Piece, il faut necessairement en supprimer une, comme contraire à l'autre ; la honte d'être marié ne convient point avec la fécurité neceffaire d'un Philofophe, qui ne peut être tel que par le raport de toutes fes actions aux principes de la raifon.

Or dès le moment qu'il defavoüe quelqu'une de cès mêmes actions, & que la honte la lui reproche, il eft impoffible de concevoir l'idée que ce foit la raifon qui la lui ait fait entreprendre , & par confequent on ne peut fans injuftice lui donner le nom de Philofophe. Delà il eft aifé de voir que l'Autheur eft peu inftruit des attributs du caractére philofophique , ou du moins qu'il n'a feint de les ignorer que pour fonder plus avant la délicateffe de fes Admirateurs. L'alternative qu'il prefente dans les deux parties de fon Titre annonce encore fon doute fur le merite de la premiere.

» Tout le monde convient que c'eft
» la Philofophie qui nous enfeigne
» la doctrine de bien vivre , qu'elle

» nous fait connoître nos maux , &
» le moyen de nous en délivrer. C'eſt
» elle qui reprime toutes les mauvai-
» ſes paſſions & les troubles de l'ame
» en appaiſant la cupidité ; c'eſt elle
» qui purge l'orgueïl , la préſomption ,
» l'ambition , la colere , la vengeance
» & l'injuſtice ; c'eſt - elle qui dirige
» par le moyen de la raiſon toutes les
» mœurs de l'homme vers le chemin
» de la vertu. C'eſt - elle en un mot
» qui rend l'ame tranquille comme ſon
» ſeul & permanent bien , lui faiſant
» faire volontairement ce que les au-
» tres font malgré eux.

Examinons donc Ariſte , (c'eſt le
nom de guerre de nôtre prétendu Philoſophe ,) dans toutes ſes actions , &
voyons ſi cette glace naturelle nous le
repréſentera fidellement.

ACTE PREMIER.

L'ouverture du Théatre frappe beaucoup les yeux ; elle leur offre un

ſuperbe Cabinet de Livres ; l'arrange-
ment & l'ordre qui y ſont artiſtement
obſervés, le font plutôt reſſembler à la
boutique d'un Libraire qu'au Cabinet
d'un Sçavant.

Ariſte eſt dans un coin vis-à-vis un
Bureau à la mode, ſur lequel il y a un
Sphére & pluſieurs inſtrumens de Ma-
thematiques, dont l'éclat encore recent
fait voir le peu d'uſage qu'on en a
fait : Et la robbe de chambre dont le
Philoſophe eſt revêtu, n'annonce rien
moins que la modeſtie qui devroit être
le premier de ſes ornemens.

La Scene commence à peu près
comme dans la Comedie du Joüeur,
c'eſt-à-dire par un monologue. Toute
la difference eſt que dans celle-ci, Hec-
tor dévelope les malheurs de ſa condi-
tion ; dans celle-là au contraire, Ariſte
ſe félicite du bonheur de la ſienne ; il
vit heureux, dit-il,

» Content d'une fortune égale à mes ſouhaits,
» J'y ſens tous mes déſirs pleinement ſatisfaits.
» Je ſuis ſeul en ce lieu, ſans être ſolitaire,

» Et toûjours occupé , sans avoir rien à faire.

Mais comment entendre aucun de ses quatre Vers ?

En premier lieu , il est impossible de se figurer ce bonheur, & que content d'une fortune égale à ses désirs , il les sente entierement satisfaits : car un moment après il est combattu du triste souvenir de s'être marié , & d'avoir fait *l'Epreuve malheureuse* du pouvoir que le Sexe a sur l'esprit des Hommes. C'est ainsi qu'il s'explique,

C'est à moi , si je puis , d'éviter tous débats ;

De prendre patience , & d'enrager bien bas.

A moins que ce ne soit une Philo-sophie particuliere qui fasse consister le souverain bonheur à être *contrarié* continuellement par des Femmes , à en appercevoir tous les jours les nou-veaux défauts , à faire son étude de les rechercher , & à enrager sans oser le dire ; de s'y être livré trop aveu-glement : il y a bien des gens qui

regarderoient cela comme un fouve-
rain malheur.

En fecond lieu, il eft, à ce qu'il dit,
feul dans fon cabinet fans y être folitaire, je vous avoüe que j'ai rêvé plus
de quatre jours fur cette antithéfe fans
pouvoir deviner ce qu'elle fignifioit:
Car d'un côté s'il fe retire en ce lieu,
dont l'entrée n'eft pas même permife
à fon Epoufe, comme on le verra
dans la fuite, c'eft pour y être aparem-
ment feul & y paffer quelques heures
folitairement, c'eft-à-dire, fans compagnie, or, être feul & fans compagnie c'eft une feule & même chofe,
par conféquent il eft impoffible d'être
feul fans être folitaire; d'un autre côté, fi l'on confidere les livres comme
une veritable compagnie, il eft certain
qu'il eft ni feul, ni folitaire; jugez
du merite de cette penfée.

En troifiéme lieu, il eft toûjours
occupé fans avoir rien à faire, mais
qu'elle eft fon occupation ? Eft-ce à
méditer fur le mariage qu'il a impru-

demment contracté ; en ce cas c'est un Ouvrage qui ne finira pas sitôt ; ainsi il a grand tort d'avancer qu'il n'a rien à faire. Il n'y a gueres de Maris dans le monde qui ne lui donne volontiers un démenti.

Est-ce à faire des découvertes dans la Philosophie ? comme elle tend à la perfection de l'Homme, il y a toûjours à travailler.

Voici encore quatre Vers dont je ne sçaurois bien comprendre le sens, & qui pour vouloir trop dire, à mon avis, ne signifient rien.

> Mais je n'use qu'ici de mon pouvoir suprême.
>
> Hors de mon Cabinet je ne suis plus le même.
>
> Dans l'autre appartement toûjours contrarié :
>
> Ici, je suis garçon : là, je suis marié.

Quelle difference trouve donc Ariste entre l'appartement de sa Femme & le sien ? Il est toûjours le maître dans l'un & dans l'autre, puisqu'il dit lui-même,

Mais ma Femme , après tout, eſt ſage & vertueuſe,
Plus amant que mari , je poſſede ſon cœur ;
Elle fait ſon plaiſir de faire mon bonheur.

C'eſt uſer d'un grand pouvoir ſur une Femme que de poſſeder entiere-ment ſon cœur , peut-t'on en attendre un autre ſacrifice ? Et s'il en eſt per-ſuadé , ſon bonheur lui doit être bien plus ſenſible à l'aſpect de tant de charmes qui ne ſont que pour lui, qu'à la vûë de toutes les brochu-res du monde ; & la contrarieté d'o-pinion dont il ſe plaint eſt un peché originel dans les Femmes, dont un Philoſophe veritable devroit avoir moins qu'un autre ſujet de s'étonner. C'eſt un ſel ordinaire chez elles, dont elles voudroient animer la converſa-tion.

Il y auroit bien des Hommes qui comme Ariſte, voudroient être moitié garçons & moitié mariés , mais il pa-roît qu'il n'eſt pas mieux logé que les autres ; en quelque lieu qu'il ſoit , mê-me dans ce Cabinet qui a pour lui tant d'agrémens , il eſt toûjours marié dès

le moment qu'il penſe l'être ; le ſouve-
nir eſt égal à la peine.

ARISTE dans la Scene troiſiéme,
en maudiſſant la main de Damon qui
l'a marié, s'écrie :

> Je brule de le voir par l'hymen engagé,
>
> Plus il enragera, mieux je ſerai vengé.

Pourquoi veut-il ſe venger d'un
ami, des mains duquel il a reçû une
épouſe, douce, ſage, & vertueuſe?
Damon n'a-t'il pas fait un grand crime ? que lui eût-t'il donc ſouhaité ? ſi
cet amy trompé le premier lui eût fait
preſent d'une emportée, capricieuſe,
ou coquette ? les plus fins y ſont
trompés ; mais d'ailleurs le déſir de ſe
venger n'eſt point du tout du caractere d'un Philoſophe. Seneque ſe ven-
geoit de ſes ennemis avec la patience ;
Annibal victorieux ſe ſurmonta lui-
même, en ſauvant la vie dans le fort
du combat à Muntius ſon ennemi qui
avoit fait tout ſes effors pour la lui
ravir.

La sixiéme Scene se passe entre Ariste & Melite son épouse; Ariste effrayé comme s'il aperçevoit quelque monstre nouveau, s'adresse à elle par ces mots : *Comment c'est vous ?* la douceur de sa réponse n'est pas moins surprenante que le compliment du Mari.

Mon Dieu ! d'où vient cette frayeur ?
Est-ce donc que ma vûë Inspire tant d'horreur ?

A ces douces paroles, que répond-il ? une Brusquerie.

Eh non, vous m'êtes chere autant qu'on puisse
l'être.
Mais dans mon Cabinet devriez-vous paroître ?

C'est une chose bien extraordinaire que de voir une femme dans le cabinet d'un homme ! à l'entendre parler ne prendroit-on pas ce cabinet pour la celulle d'un Chartreux. Il ajoûte :

Si quelqu'un survenoit, que pourroit-il penser ?

Il est constant que quelqu'idée qu'eût celui qui surviendroit, il pen-

feroit plus que nôtre Philofophe.
Melite pourfuit cependant,

Devez-vous me blâmer fi je cherche à vous voir ?
Je contente mon goût, & je fais mon devoir.

Ces paroles , fortant de la bouche
d'une jolie femme, attendriroient le
cœur de tout autre que d'Arifte ; mais
il y répond par une feconde Brufque-
rie.

Le devoir d'une femme eft d'être complaifante.

Ne pourroit-t'on pas fans injuftice
dans cette rencontre appliquer le Pro-
verbe ancien , *c'eft femer des Perles devant des Pourçeaux.* N'y a-t'il pas, qui
plus eft, de l'orgueïl de vouloir fe dif-
tinguer avec autant de bizarrerie.

Enfin il ne veut point déclarer
qu'il eft marié, comme fi encore un
coup, le mariage étoit incompatible
avec l'amour de la fageffe.

NosAnciens avoient des penfées bien
plus équitables de cet état. La Grece
autrefois le féjour des Sages, loin d'é-

couter

couter de pareilles opinions, reçût
avec plaisir les Loix de Licurgue,
par lesquelles il étoit ordonné que
tout Citoyen qui voudroit préférer
l'état de continence à celui du mariage, ne pourroit se trouver aux jeux
publics ; chose pour lors de la derniere ignominie.

Les Loix Romaines punissoient ri-
goureusement ceux qui ne vouloient
pas se marier, leur défendant l'entrée aux Dignitez publiques ; & pour
exciter au mariage, elles accordoient
des Privileges à ceux qui avoient
des enfans : nos mœurs ont embrassé
avec plaisir ces maximes.

Est-ce par un excès fantasque que
nôtre Sage, de nouvelle trempe, voudroit s'en écarter ?

Le Marquis ? pouvez-vous me tenir ce langage ?
C'est l'homme à qui je veux me cacher davantage.
Quoiqu'il soit courtisan, & qu'il ne sçache rien,
C'est un sage caché sous un joyeux maintien,
Et qui ne connoît pas de plus grande foiblesse.

B

Que de prendre une femme, & même une maîtresse,

. . . S'il sçait une fois que je suis marié,

Par ses traits, en tous lieux, je serai decrié.

C'est en verité sans raison qu'Ariste veut tenir plus long-tems son engagement caché aux yeux du Marquis du Lauret qui vient journellement chez luy pour en conter à sa femme. Trois raisons puissantes lui dictent le contraire.

Premierement, quelles sont les confidentes de son secret? trois femmes; dont l'une par reconnoissance peut se taire, mais il doit compter tout autrement du côté de sa Belle-sœur, dont le plus grand merite, dans ses caprices, est de trop parler; à l'égard de Finette, elle en a déja fait confidence aux laquais du voisinage, pour assurer la réputation de sa Maîtresse. Dans ces circonstances le Marquis doit-il tarder long-tems à l'apprendre? Quelles armes Ariste ne lui fournit-il pas contre lui même?

Secondement, dès le moment que le Marquis du Lauret est amoureux de Melite, son honneur, son repos, la réputation de sa Femme, & la liaison qui est entre le Marquis & lui ; tout le force à lui déceler le mistere. Pourquoi fait-il donc un crime à Melite de le lui demander ?

Troisiémement, puisqu'Ariste est instruit de la passion du Marquis pour Melite, & de sa résolution de l'épouser, s'il peut fléchir son cœur indifferent, il ne doit point appréhender les traits d'un Homme qui est dans le même cas ; c'est-à-dire, qui est sensible au pouvoir du beau Sexe. Il ne pouvoit au plus lui faire un crime que du secret.

Le portrait qu'il fait du Marquis du Lauret, *c'est un Sage caché sous un joyeux maintien*, ne seroit pas non plus de mon goût, ses actions dans la suite vont justifier le contraire.

La derniere Scene de cet Acte se passe dans la contrarieté des differentes idées dont Ariste est combattu, & à la fin il se récrie.

. . . . . . Qu'on est sot quand on est marié !

Un Rieur me dit l'autre jour que c'étoit l'endroit de la Piece où Ariste paroissoit le plus Philosophe, puisqu'il y avoit une plus parfaite connoissan-ce de lui-même.

ACTE SECOND.

Ce n'est plus un riche Cabinet que le Théatre represente. C'est une Salle de l'Apartement des Dames. Ce chan-gement fait tort à la Piece, d'autant qu'il montre le deffaut d'une des trois uni-tez qui doivent concourir dans le Poë-me dragmatique. C'est la premiere qui manque. L'unité de lieu, puisque l'ac-tion se passe en differens endroits.

Plus de la moitié de cet Acte est employée à faire sentir la coquetterie capricieuse de Celiante, Belle-Sœur du Philosophe marié. Il n'y a plus rien de

curieux que les portraits que fon
amant & elle fe font refpective-
ment fur le même ton ; & tout cela
ne fait qu'un Epifode affez étranger
au Sujet, pour ne pas dire qu'il forme
une feconde action.

L'arrivée imprévûë de Geronte ,
pour marier fon neveu Arifte avec
la Fille de fa défunte Epoufe, & qui
le menace de le deshériter, en cas de
refus, fait le foible nœud de ce Poë-
me, & confomme la petite partie qui
refte à cet Acte.

ACTE TROISIE'ME.

Arifte extrêmement piqué des manieres d'agir de fon Oncle le Finan-
cier, qui s'eft emporté contre lui affez
brutalement en préfence du Marquis
du Lauret , en témoigne ainfi fon
reffentiment.

Me venir relancer jufqu'en mon Cabinet !

Crier ! nous interrompre ! & vous brufquer tout
 net !

Il faut avoüer que ce sujet d'admiration est encore plus admirable que les manieres dont Ariste se plaint. En effet c'est un endroit bien respectable pour un Oncle, tel que Geronte, que le Cabinet de son Neveu ; il y a quelque chose de puerile & de bas dans cette admiration.

Cependant le Marquis qui se méfie de quelqu'engagement de la part d'Ariste , cherche à sonder quels sont ses sentimens sur le sort des Maris. Aussi peu politique que Philosophe Ariste lui repond avec une ingenuité merveilleuse.

Oui ; leur état commence à me faire pitié.

Après un aveu si peu énigmatique, il ne faut pas être sorcier pour deviner qu'il est dans le cas , & c'est bien mal pallier un secret qu'on veut faire garder aux autres, aussi lui repond-t'on?

Ah ! mon pauvre Garçon , seriez-vous marié ?

Mais ce qui blesseroit ma délicateſſe, c'eſt de voir que malgré cet aveu d'Ariſte, le Marquis ſon ami lui faſſe une déclaration ſi authentique de ſon amour pour Melite. Notre Philoſophe s'ouvre pourtant de plus en plus.

. . . . . . Et pour vous j'en ai honte.

Nous ſommes, vous & moi dans un cas tout pareil. Fuïez Melite.

Le Marquis marque autant d'indiſcretion qu'Ariſte en cet endroit. Non, dit il ?

. . . . . D'un ſi ſage conſeil,

Cher ami, je ne puis déſormais faire uſage.

J'aime, juſqu'à vouloir bruſquer le mariage.

A ce conſeil d'Ariſte, le Marquis devoit uſer de repréſailles en lui en donnant un autre ; c'étoit celui de prêcher d'exemple. Mais la demande qu'il lui fait de le ſeconder auprés de Melite dans l'offre qu'il veut lui faire de ſon cœur, pour être d'accord avec la vraye-ſemblance ne peut être priſe qu'ironiquement : car dans la ſituation où il voit Ariſte & Melite, l'aveu qu'il vient entendre de l'un, les diſcours que l'on tient ſur la réputation de l'autre, leur domicile commun depuis plus de deux années, tout concourt à montrer qu'il y a entre eux un peu plus que de l'amitié. Il n'y a point à préſent de vertu philoſophique qui pût tenir ſi long-tems contre l'effort de deux beaux yeux qui l'attaquent avec tant d'avantage ; ſi c'eſt autrement qu'il parle, je ne reconnois plus dans le Marquis *ce Sage caché ſous un maintien joyeux*, puiſque le diſcernement même l'abandonne au beſoin.

La troiſiéme Scene fait voir démonſtrativement qu'Ariſte n'eſt pas meilleur Peintre que Philoſophe.

D'un côté les démarches du Marquis du Lauret, loin de s'accorder avec le portrait qu'on a fait de ſa ſageſſe dans le premier Acte, au contraire ici c'eſt un franc étourdi, un petit Maître entreprenant, dont la boüillante paſſion va juſqu'à ſe jetter aux

genoux de Melite pour mieux attaquer
fa tendreſſe.

Recevez donc enfin mes vœux & mes hommages.

C'eſt ainſi qu'il s'explique. Les
promeſſes, & les atitudes qu'il joint
à cela, *ſur-tout devant celui avec lequel
il a ſi ſouvent lancé la Satire contre les
Amoureux & les pauvres Maris*, mais
encore celui qu'il a tout lieu de ſoup-
çonner d'être au moins l'Amant de
Melite, empêchent de croire que ſon
caractere ait jamais été bien d'accord
avec celui de la ſageſſe.

D'un autre côté Ariſte fait un mau-
vais perſonnage en cette rencontre.
Il y devient le fade Confident des
feux du Marquis pour Melite. Les
ſignes qu'il lui fait de ne rien dire,
les froides plaiſanteries qu'il adreſſe
à ſon Rival, & les ſoins que la jalou-
ſie lui fait prendre de ſe trouver toûjours entre eux, ſe ſentent plutôt du
Bouffon que du moindre Philoſophe.

Cependant le Marquis fait un retour sur lui-même en voyant que ses douceurs ne sont point écoutées, quoiqu'ailleurs l'on recherche ses caresses. C'est dans ce moment qu'il s'écrie.

> D'un cœur rebelle & fier l'ordinaire suplice,
> C'est qu'il aime à la fin, & que l'on le haïsse.

Ces Vers sont bien plus durs que la Personne qui les écoute. J'aimerois mieux le naturel de ceux-ci.

> Le suplice ordinaire aux cœurs fiers & rebelles,
> Est de brûler enfin pour des Beautés cruelles.

Lisimon, Pere d'Ariste, arrive dans la derniere Scene de cet Acte pour recevoir de Geronte, son Frere, un acuëil aussi peu convenable que son arrivée est peu necessaire sur le Théatre. Il n'a d'autre prétexte d'y paroître que de dire.

> . . . . . . Il m'est permis, je pense,
> De venir voir mon Fils. . . . .

La réponse que Geronte lui fait ne sçauroit être tolerée.

Eh! l'on vous en difpenfe.

Ce qu'il ajoûte encore, en fe tournant vers fon Neveu, revolte abfolument la nature; c'eft ainfi qu'il parle à Arifte de fon propre Pere.

Il ne vient de fi loin que pour vous preffurer.

Le plus grand Scelerat n'infpireroit pas de pareils fentimens. L'on aperçoit dans Geronte un caractere fi outré, qu'on ne fçauroit y prêter la moindre attention.

ACTE QUATRIE'ME.

C'eft ici que la raifon abandonne tout-à-fait notre Philofophe : Il n'y a qu'à l'écouter.

De tant d'objets divers mon ame eft obfédée,
Qu'à force de penfer, elle n'a plus d'idée.
Pour calmer mon efprit, je fais ce que je puis.
Je ne fçais où je vais ; je ne fçais où je fuis.

Tous ces objets neanmoins fe reduifent à un feul, qui eft de cacher ſon engagement au Marquis du Lauret ; encore eſt-ce un point abſolument impoſſible. C'eſt-là qu'il va donner un ſoufflet à la Philoſophie en faiſant par force, ce qu'il auroit dû faire volontairement.

Mais l'ame s'uſe-t'elle à force de penſer ? Non, j'ai crû juſqu'ici qu'il ſuffiſoit qu'un Homme exiſtat pour penſer bien ou mal ; l'on penſe differemment, mais l'on penſe toûjours.

En un mot, s'il eſt vrai qu'un Philoſophe ſoit un grand Héros, ſelon Seneque, il faut que ſa grandeur ſe faſſe connoître par la premiere victoire qu'il remporte ſur lui-même. Ariſte ne cherche pas beaucoup cet avantage.

Jugez de l'état de mon ame, continuë-t'il à la quatriéme Scene, en parlant de Melite & du Marquis.

J'aime mieux le ſouffrir, le voir à ſes genoux,
Que de me déclarer en qualité d'Epoux.

Je ne crois pas que la Philoſophie

Stoïcienne y pût resister, à plus forte
raison un Mari jaloux. Il faut que les
moyens d'acquerir la tranquillité d'efprit ne soient point dans la Table
de sa Philosophie ; elle n'est donc pas
bonne, puisque le premier objet lui
manque.

ACTE CINQUIEME.

Enfin le pauvre Ariste est résolu de
fuir dans quelque retraite obscure pour
éviter d'entendre publier son mariage.
En vain Damon son ami lui fait faire
attention sur le prétexte qu'il va donner au public d'en médire plus hau-
tement par sa fuite précipitée ; il fait
le Plongeon.

Pour vû que je sois loin, rien ne me touchera.

Comment le suivre dans de tels
écarts ? Il ne sçait à qui il en veut.
Tantôt c'est son Pere, tantôt c'est son
Oncle, tantôt le Marquis du Lauret
qu'il craint, & tantôt le public seul,

dit-il , l'oblige à tenir son engagement secret : lequel est-ce ? Il aime
son Epouse , & il n'a pas le courage de soûtenir l'éclat que va faire
le lien respectable qui l'attache au-
près d'elle. L'amour n'a pas coûtume
d'être si timide. D'ailleurs s'il y a de la
prudence d'éviter quelque tems le
combat , il est honteux de fuir après
le premier choc.

L'on nous a aussi dépeint Ariste
sous la figure d'un Sçavant ; jugez-en
à ces paroles lorsqu'il aprend que son
Oncle veut attaquer son mariage.

Casser mon mariage ! avoir un tel dessein ,
C'est vouloir me plonger un poignard dans le
sein.

Le moins versé dans l'usage du
monde sçait qu'on ne dit point casser
un mariage ; on le déclare nul , ou non
valablement contracté. Delà deux Ré-
fléxions que l'on me permettra de
mettre en lumiere.

La premiere qu'il y a de l'absurdité

à donner à Ariste le Titre, *de Mari hon-teux de l'être*, puisque son mariage dé-pend en quelque façon de l'évene-ment, c'est - à - dire, du consentement de Lisimon son Pere, qui peut le don-ner, ou ne le donner pas. Jusques-là il n'est point veritablement marié : Il est donc impossible qu'il soit honteux de l'être.

La seconde prouve encore ce que j'ay avancé au commmencement de cette Lettre ; car si la certitude du consentement de Lisimon, seule par-tie capable de l'attaquer, peut rendre valable ce mariage contracté sans son aveu, Ariste a moins sujet d'en avoir honte.

En effet si la maniere d'aimer en fait la gloire, ou la honte, quel est donc le motif de confusion qui peut empêcher Ariste d'aimer un Objet non seulement tout aimable par ses vertus, mais qu'un engagement légitime lui prescrit d'aimer éternellement.

Avoir honte de quelque chose, c'est

s'en repentir tacitement ; mais comment lui prêter cette penſée , lorſqu'on voit à tout moment ſortir de ſa bouche des ſentimens qui y repugnent.

> Cent belles qualitez rendent une femme aimable &c.
>
> Plus Amant que Mari , je poſſede ſon cœur,
> Elle fait ſon plaiſir de faire mon bonheur.
> Pourquoi contre l'hymen eſt-ce que je me declame ?
> Ma femme eſt toute aimable , &c.
> Elle eſt d'un ſang illuſtre ; elle eſt belle , elle eſt
>   ſage :
> Et l'on ne peut rien dire à ſon deſavantage &c.
> Auſſi-tôt qu'on la voit , tout parle en ſa faveur ,
> Ses traits , ſa modeſtie , & ſur-tout ſa douceur.

C'eſt trop en dire , vous le voyez , pour ſuppoſer un homme aſſez peu raiſonnable que d'être honteux d'avoir une telle moitié. Que de maris aujourd'huy ſe contentent à meilleur marché , ſans craindre la critique publique.

En un mot le Marquis du Lauret , ce railleur impitoyable , montre bien
plus

plus de grandeur de courage dans sa
défaite ; il fait tête à la Satire, & se livre avec ardeur aux attraits naissans de
la Belle-fille de Geronte, dont ce der-
nier vouloit faire present au Philosophe.
Damon ne fait point de difficulté d'é-
pouser aux yeux de tout le monde la
capricieuse Celiante qu'il aime malgré tous ses défauts.

C'est à cet aspect qui confond la
la vanité d'Ariste, que s'applaudissant
à lui-même, comme s'il avoit fait
de belles choses, il donne la main
à la belle Melite en lui adressant ces
paroles.

. . . . Prouvons aux railleurs que malgré leurs
outrages

La solide vertu fait d'heureux mariages.

Mais après tous les écarts differens
dans lesquels nous l'avons vû s'égarer,
on ne peut regarder cette noble pensée
que comme un véritable trait de Gas-

C

con ; & j'aimerois mieux lui donner le Titre de Mari bizarre , ou de Mari heureux sans l'être , que celui de *Philosophe marié , ou de Mari honteux de l'être.*

Au reste , Monsieur, il faut avoüer que cette Piece a des beautés infinies, Rien ne manque à la justesse des expressions ; les portraits y sont vifs & naturels ; les sentimens sur-tout y sont admirables par leur grandeur & leur delicatesse : il seroit à souhaiter que quelques uns des caracteres fussent un peu moins outrés , pour aprocher de plus près ce degré de perfection qu'on peut y remarquer en plusieurs endroits.

Mais , que dis - je à une personne qu'une lecture assiduë, jointe à l'exactitude la plus entiere, met bien plus que moy en état d'en décider ? J'attends vôtre réponse, pour sçavoir si j'ai bien ou mal réüssi. En tous cas, cette Critique servira toûjours d'ombre au tableau ; elle excitera davantage à lire un ouvrage qui merite de l'être. Je suis avec bien du respect,

MONSIEUR,

Vôtre très - humble , & très-obéïssant serviteur,
***.

Je soussigné, Maître ès Arts, en l'Université de Paris, ay lû par ordre de Monseigneur le Lieutenant General de Police, *une Lettre Critique sur la nouvelle Comedie du Philosophe marié, &c.* dont on peut permettre l'impression. A Paris ce 10. May 1727.

PASSART.

Vû l'Approbation, permis d'imprimer & dif-
tribuer, le 10. May. 1727.

HERAULT.

Regiſtré ſur le Livre de la Communauté des Librai-
res & Imprimeurs de Paris, No. 1543. conformément
aux Réglemens, & notamment à l'Arrêt de la Cour
du Parlement du 3. Décembre 1705: A Paris le 13.
May. 1727.

Signé, BRUNET, *Syndic.*

De l'Imprimerie de PIERRE DELORMEL, ruë du Foin,
à Sainte Géneviéve, 1727.

www.ingramcontent.com/pod-product-compliance
Lightning Source LLC
LaVergne TN
LVHW012307050726
842524LV00004B/1253